VENTE APRÉS DÈCÈS

Les 11 et 12 Mars 1905

Hôtel Drouot, Salle N° 3

à deux heures

Livres d'Architecture

et D'ORNEMENTS des XVI⁰, XVII⁰ et XVIII⁰ siècles

Documents en Feuilles

DESSINS ORIGINAUX

COMMISSAIRE-PRISEUR

M⁰ G. COULON

12, rue de la Victoire, 12

EXPERT-LIBRAIRE

M. A. DU MAY

21, rue Le Peletier, 21

NOTICE

CONCERNANT LA VENTE AUX ENCHÈRES PUBLIQUES

DE

Livres d'Architecture

ET

D'ORNEMENTS

des XVIe, XVIIe et XVIIIe siècles

NOMBREUX DOCUMENTS EN FEUILLES

ET DESSINS ORIGINAUX

qui aura lieu

HOTEL DROUOT, SALLE N° 5

Les 11 et 12 Mars 1903, à 2 heures de relevée

Par le ministère de **Mr G. COULON**, Commissaire-Priseur
12, Rue de la Victoire.

Assisté de **M. A. DU MAY**, Expert-Libraire
21, rue Le Peletier.

Chez lesquels se distribue la notice

EXPOSITION PUBLIQUE

Le 10 Mars 1903, de 2 h. à 5 heures.

PARIS 1903

CONDITIONS DE LA VENTE

La vente sera faite au comptant.

Les acquéreurs payeront *dix pour cent* en sus des enchères.

L'Exposition publique mettant les acheteurs à même de juger de l'état des Livres, Documents et Dessins, aucune réclamation ne sera admise aussitôt l'adjudication prononcée.

L'ordre de la notice sera suivi ou non, l'Expert se réserve de plus le droit (*dans l'intérêt de la vente*) de réunir ou diviser les numéros.

M. A. du May se charge aux conditions de 3 p. o/o sur la limite, des commissions qui lui seront confiées.

DÉSIGNATION

Alberti (Léonis-Bapt.)

1. — L'Architecture et l'Art de bien bastir du seigneur Léon-Baptiste Albert, gentilhomme Florentin, divisée en 10 livres, traduicts par Jan Martin, Parisien, etc. *Paris*, 1553, petit in-fol., vélin fig. sur bois.

Androuet du Cerceau

2. — Les Maisons Royales ou le premier (et le second) volume des plus excellents bastiments de France... par Jacques Androuet du Cerceau, architecte. *A Paris pour ledit Jacques Androuet du Cerceau*, 1576-79, 1 vol. in-f², (sur 2) fig. sur bois — rel. en veau. *Incomplet du titre et d'une partie du texte.*

3. — Livre d'architecture, auquel sont contenues diverses ordonnances de plans et élévations de bâtiments, pour ceux qui voudront bâtir aux champs. *Paris*, 1615, in fol., avec fig. rel. vel.

4. — Les plus excellents bâtiments de France par J.-A. du Cerceau. Nouvelle édition, gravée en fac-similé par Faure-Dujarric. architecte, sous la direction de M. Destailleur, et augmentée de planches inédites de du Cerceau. *Paris* 1868-70. 2 vol. in-fol., 136 pl. et 2 figures sur bois, demi-toile, ébarbée.

Batissier

5. — Histoire de l'art monumental dans l'antiquité et au moyen âge, suivie d'un traité de peinture sur verre, 2ᵉ édition, *Paris*, 1860, gr. in-8, fig., demi-rel., chag.

Blondel (Jacques-François)

6. — Cours d'architecture enseigné dans l'Académie royale. *Paris*, 1675-83, 5 parties en un vol. in-fol., nomb. planches, veau brun.

7. — Architecture françoise, ou recueil des plans, élévations, coupes et profils, des églises, maisons royales, palais, hôtels et édifices les plus considérables
de Paris, ainsi que des châteaux et maisons de
plaisance situés aux environs de cette ville ou en
d'autres endroits de la France, bâtis par les plus
célèbres architectes et mesurés exactement sur les
lieux, avec la description de ces édifices et des
dissertations utiles et intéressantes sur chaque
pièce de bâtiment. *Paris* 1752-1756, 4 vol. in-f°,
cart. non-rog. (498 pl.), en taille douce.

8. — De la distribution des maisons de plaisance et de
la décoration des édifices en général. Ouvrage en-
richi de 160 pl. en taille douce gravées par l'auteur.
Paris, 1737-1738, 2 tom. en 1 vol. in-4°. rel. veau
(Front. de Cochin).

Chambers

9. — Dessins des édifices, meubles, habits, machines et
ustensiles des Chinois. *Londres.* 1767, in-folio,
avec nomb. pl. rel. parch.

Cotelle (Jean)

10. — Livre des divers ornements pour plafonds, cintres
surbaissés, galleries et autres de l'invention de Jean
Cotelle, peintre ordinaire du Roy. *Se rend chez l'auteur. rue Saint-Anthoine*, suite de 22 pl. et le titre,
petit in-fol. oblong. demi-rel. chag.

Cousin (Jean)

11. — L'Art de dessiner de Jean Cousin. *Paris,* 1821,
in-8, oblong. demi-rel.

D'Aviller

12. — Cours d'architecture, qui comprend les ordres de
Vignole et les bâtiments de Michel-Ange. *Paris.*
Nic. Langlois, 1760, 1 vol. in-4°, frontispice et
nomb. pl. rel. anc.

De Chertablon

13. — La manière de bien se préparer à la mort, 1700, in-4°, rel. anc., fig.

Decker (Paulus)

14. — Furstlicher Baumester oder Architectura civilis, etc., Durch. Paul. Decker. Augspurg, 1711-1716, 3 part. en 1 vol. in-fol., vel., contenant titre, frontispice et texte avec la série des planches.

Decloux et Doury

15. — Collection des plus belles compositions de Jean le Pautre. *Paris. s. d.*, in-folio, demi-chag. rouge, 100 planches.

Delamare

16. — Traité de la police, avec une description historique et topographique de Paris, par Delamare. *Paris,* 1722, 4 vol. in-fol., avec 10 plans de Paris à différentes époques. Rel. veau fauve.

Destailleur (H.)

17. — Recueil d'estampes relatives à l'ornementation des appartements au xvie, xviie et xviiie siècles, publiées sous la direction et avec un texte explicatif par M. Destailleur, architecte du gouvernement, gravées en fac-similé par MM. Pfnor, Caresse et Riester, d'après les compositions d'Androuet du Cerceau, Lepautre, Bérain, Daniel Marot, Meissonier, Lalonde, Salembier, etc. *Paris Rapilly,* 1863-1871, 2 vol. in-fol. ornés de 144 planches, demi-rel. chag. rouge, ébarbé.

Francine (Alexandre)

18. — Livre d'architecture contenant plusieurs portiques de différentes inventions sur les cinq ordres de colonnes. *Paris, chez Melchior Tavernier,* 1631, in-fol., avec les planches gravées rel. veau.

Gailhabaud (Jules)

19. — L'Architecture du v° au xvii° siècle et les Arts qui
en dépendent. *Paris, Gide,* 1858, 4 tomes in-4°,
rel. en 2 vol. avec un atlas in-fol. (1re édition)
demi-chagr. vert.

Gauthier

20. — Les plus beaux édifices de la ville de Gênes et de
ses environs. *Paris,* 1818-1832, 2 vol. in-fol. avec
108 pl. gravées au trait demi-rel.

Gourlier, Biet, Grillon et Tardieu

21. — Choix d'édifices publics, projetés et construits en
France, depuis le commencement du xix° siècle.
Paris, 1825-1850, 3 vol. in-folio, demi-rel., ornés
de 388 planches.

Jaillot

22. — Recherches critiques, historiques et topographi-
ques sur la ville de Paris, depuis ses commence-
ments connus jusqu'à présent, avec le plan de
chaque quartier. *Paris.* 1775, 5 vol. in-8, avec des
plans et des titres gravés rel. anc.

Jousse (Mathurin)

23. — La Fidelle Ouverture de l'art de serrurier, com-
posée par Mathurin Jousse. Reproduction par l'hé-
liogravure Amand-Durand, accompagnée d'une
Notice historique par H. Destailleur, architecte du
gouvernement. *Paris,* 1874, pet. in-fol. broché,
avec 28 pl. imprimées sur papier vergé.

Le Muet

24. — Manière de bien bastir pour toutes sortes de per-
sonnes, contenant les moyens d'élever des basti-
mens de toutes grandeurs, d'y faire tous les orne-
mens, commoditez et détachemens qui s'y peuvent
souhaiter. Ensemble des desseins pour bastir régu-

lièrement sur toute sorte de place. Par Pierre Le Muet... Divisé en deux parties. *A Paris*, chez François Jollain, 1681. 1 vol. in-fol., veau.

25. — Traité des cinq ordres d'architecture, traduit du Palladio 1645, petit in-8, rel. vel.

Lepautre (Jean)

26. — Œuvres d'architecture de Jean Lepautre, architecte dessinateur et graveur du Roi. *Paris, Jombert,* 1751, 2 vol. (sur 3) petit in-fol., contenant 514 pl. Bel exemplaire cart.

    (Quelques planches réparées).

Marot (Jean)

27. — Recueil des plans, profils et élévations de plusieurs palais, châteaux, églises, sépultures et hôtels bâtis dans Paris et aux environs. *S. l. n. d. (Paris, vers* 1675), in-4, demi-rel.

    Ce volume connu sous le titre de « Petit Marot. » comprend un titre et 122 pl. par Jean Marot.
    (Quelques pl. remontées).

Merian

28. — Topographia Galliæ. dat is, een algemeene en naeukeurige Lant en Plaets-beschrijvinghe van het Machtige Koninckrijck Vranckryck. *Franckfürt,* 1655-1661, 3 vol. petit in-fol. rel. anc.

    Ouvrage curieux contenant une grande quantité de vues de villes de France, châteaux, maisons royales et une suite très remarquable de plans et vues de monuments de vieux Paris sous Louis XIII.

Mérimée (Prosper)

29. — Peinture de l'église Saint-Savin. *Paris,* 1845, in-fol., avec 43 pl. en couleur, demi-rel.

Patte

30. — Monumens érigés en France à la gloire de Louis XV, précédés d'un tableau du progrès des

Arts et des Sciences sous ce règne... et suivis d'un choix des principaux projets qui ont été proposés, pour placer la statue du Roi dans les différens quartiers de Paris, *Paris, l'auteur.* 1765, in-fol., rel.anc.

Orné d'un fleuron au titre, d'une vignette en tête par « Boucher », gravée par « Cochin », 3 vignettes par « Marvye et Patte » et de 57 planches hors texte gravées.

Petit (Victor)

31. — Architecture pittoresque et monuments des xve et xvie siècles. *Paris, s. d.,* in-4, demi-rel. chag., 100 planches.

32. — Habitations champêtres, recueil de maisons, villas, chalets, pavillons, kiosques parcs et jardins. *Paris, s. d.,* 100 pl., fig. noires, in-4, demi-rel. chag.

Percier et Fontaine

33. — Choix des plus célèbres maisons de Plaisance de Rome et de ses environs. *Paris,* 1812, in-fol. avec 77 pl., demi-toile
Bel exemplaire.

Pfnor (Rodolphe)

34. — Architecture décorative, ameublement, époque Louis XVI, dessinés et gravés, avec texte descriptif. *Paris,* 1865, in-fol. demi-chag. 50 pl.

35. — Monographie du palais de Fontainebleau, dessinée et gravée par Rodolphe Pfnor, accompagnée d'un texte historique et descriptif par M. Champollion Figeac. *Paris,* 1863, 2 vol. in-f°, d.-r, chag. vert

36. — Monographie du château de Heidelberg, dessinée et gravée par Rodolphe Pfnor, accompagnée d'un texte historique et descriptif par Daniel Ramée. I. Palais de Otto-Henry. II. Pavillon de Frédéric-le-Sage. *Paris,* 1859, 1 vol. in-f°, d.-r. chag. vert.

Reiber

37. — L'Art pour tous. Encyclopédie pour l'art industriel et décoratif. *Paris,* 1861 à 1873, volume 1 à 13 in-f°, en porte-feuille.

Reynaud (Léonce)

38. — Traité d'architecture. Première partie : Art de bâtir,
études sur les matériaux de construction et les élé-
ments des édifices. — Deuxième partie : Composi-
sition des édifices, étude sur l'esthétique, l'histoire
et les conditions actuelles des édifices. *Paris*, 1850
1re Edition, 2 vol. in-4 de texte et 2 atlas in-f°, contenant 179 pl., demi-rel.

Roland Le Virloys

39. — Dictionnaire d'architecture civile, militaire et navale
et de tous les arts qui y ont rapport. *Paris*, 1770-71,
3 vol. in-4, avec 100 pl., rel. veau.

Rondelet (Jean)

40. — Traité théorique et pratique de l'art de bâtir.
Paris, 1864, 6 vol. in-4, avec pl. demi-rel.

Rouyer (Eugène) et Darcel (Alfred)

41. — L'art architectural en France depuis François Ier
jusqu'à Louis XIV. Motifs de décoration intérieure
et extérieure dessinés d'après des modèles exécutés
et inédits des principales époques de la Renaissance. *Paris*, 1863, 2 vol. in-f°, d. r. chag. bl.,
très nombr. pl.

Sauvageot (Claude)

42. — Monographie de l'hôtel de Vogué, à Dijon. *Paris*,
1863, in-4, avec 26 pl., cart. toile.

43. — Palais, châteaux, hôtels et maisons de France du
xve au xviiie siècle. *Paris*, 1867-1868, 4 vol. pet.
in-folio, avec 300 pl., demi-chag. bleu.

Viollet-le-Duc

44. — Dictionnaire raisonné de l'architecture française
du xie au xve siècle. *Paris*, 1868, 10 vol. in-8,
figures, demi-rel. chag.
Manque le tome X.

45 — Dictionnaire raisonné du mobilier français de l'époque carlovingienne à la Renaissance. *Paris*, 1872-75, 6 vol. in-8, fig., demi-rel. chag. bleu.

Vitruve (**M.-L.**)

4⁶. — M. L. Vitruvio Pollione di architettura dal Vero exemplare latino nella volgar lingua tradotto; e con le figure a suoi luoghi con mirando ordine insignito (versione di Francesco Lutio Duranto). *In Vinegia. Zoppino.* 1535, in-fol., rel. vél.

Watteau

47. — Diverses figures chinoises, peintes par Watteau et gravées par Boucher, suite de pièces in-4°.

Belles épreuves à grandes marges.

Divers

48. — Deux reliures anciennes en maroquin rouge, dont une *Semaine Sainte* aux armes de la duchesse de Berry.

49. — Très beau manuscrit du xviiᵉ siècle sur vélin, enluminé et orné de dix jolies miniatures représentant des sujets religieux.

5o. — Environ cent volumes. Ouvrages d'architecture et divers de : *Androuet Du Cerceau. — Barozzi Vignola. — Blouet. — Boisserée. — Daret. — David de Roberts. — Daviller. — Dublet. — Bosboom. — Havard. — Jean Antoine. — Le Paultre. — Loys Guiccardin. — Martini — Ménard. — Roussel. — Serlio Bolognèse. — Jean Vredeman,* etc.

Ce numéro sera divisé.

LIVRES EN LOTS

LITTÉRATURE, BEAUX-ARTS ET DIVERS

DESSINS ORIGINAUX

De Alaux (J.-S.). — Bibiena. — Coln. — Huet — Lemire

Panini (6 pièces). — Parrocel

Percier (2 pièces). — Piranesi (6 pièces). — Servandoni

Signeurgens. — Wirrgt, etc.

MONOGRAPHIE

DE

L'HOTEL CAMONDO

Plans, Profils. Devis, Documents photographiques

Croquis et Dessins originaux coloriés relatifs

à la décoration intérieur de cet hôtel

ORNEMENTS

ET

DOCUMENTS ANCIENS

en feuilles de

Berain. — Blondel. — Cotelle. — Du Cerceau

Lepautre. — Mathurin Jousse. — Merian. — Piranesi

Vitruve, etc.

~~~~~~~~~~~~

LOTS IMPORTANTS

DE

DOCUMENTS PHOTOGRAPHIQUES

~~~~~~

NOMBREUX LOTS DE GRAVURES

EN PORTE-FEUILLES

1111. — Paris, Imp. G. CHAUFOUR, 8-10, Rue Milton

RED. :

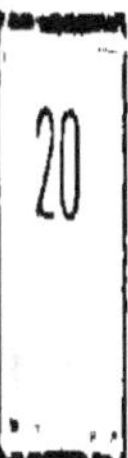

MIRE ISO N° 1
NF Z 43-007
AFNOR
Cedex 7 – 92080 PARIS-LA-DÉFENSE

37 98 97 70
graphicom

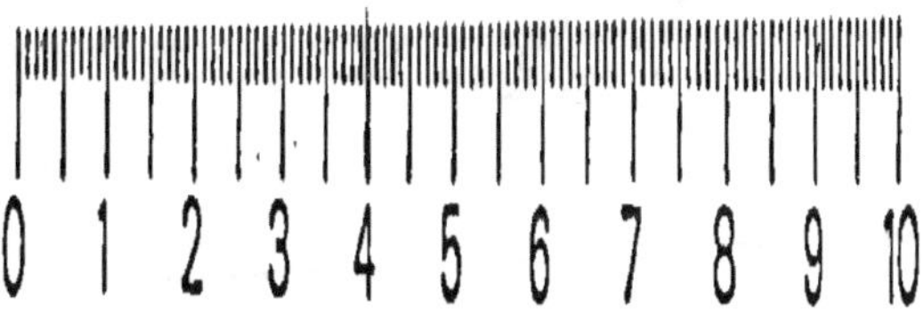

9 782329 320199